DISCOURS

EN VERS.

DISCOURS
EN VERS

SUR LE SPECTACLE DE VERSAILLES;

A M. DE L***. AUTEUR DRAMATIQUE.

PAR M. AUDE.

A VERSAILLES;

Chez le CLERC, Libraire de la Comédie,

1778.

DISCOURS
EN VERS,
A M. DE L***.

Toi que le Dieu du Pinde anime de sa flamme,
O toi pour qui la gloire est un besoin de l'ame,
Et qui voudrais unir après de longs travaux,
Les lauriers du génie aux douceurs du repos.
Melpomène & Thalie, à tes desirs propices,
Ont ouvert dans ces lieux, sous les plus beaux auspices,
Un Temple, où tu verras dans le sein de la paix,
De la palme des Arts couronner tes succès.
Oui, tu peux désormais, sans obstacle & sans peine,
Paroître avec éclat au grand jour de la scène.

A 3

Les délais éternels d'un théâtre affiégé
Ne feront plus gémir ton cœur découragé.
Tu ne me diras plus dans ta jufte colere,
» J'abandonne des Arts la pénible carriere ;
» On ne peut la courir fans y trouver d'écueil.
Sors de la nuit obfcure où languit ton orgueil,
Cede au Dieu qui t'enflamme & prends un nouvel être;
Viens dans le nouveau Temple & tu vas y renaître.
Un théâtre brillant y charme les regards.
Des Acteurs empreffés l'eftime & les égards
Au talent fatisfait offrent un pur hommage.
Ce tribut confolant le flatte & l'encourage.
O qu'il eft doux de voir tous leurs foins employés
Aux ouvrages divers qui leur font confiés!
Un objet gracieux (1) qui préfide à ce temple
Par fon zele affidu leur en donne l'exemple.
Son efprit attentif, fa douce amenité
Plaît ; conduit, foumet tout aux loix de l'équité.

---

(1) Mademoifelle de Montenfier. On a parlé dans les
Journaux de l'accueil & des avantages que les Auteurs
trouveront chez elle.

Une piece eft offerte ; à l'inftant elle eft lue ;
Elle eft au même inftant refufée ou reçue.
Au lieu de l'impofante & froide gravité,
L'aimable complaifance affifte au Comité ;
Le ton, l'air important n'eft point à fon ufage ;
La gaité l'accompagne. A-t-on reçu l'ouvrage ?
Les Auteurs qu'on choifit pour le faire valoir
D'y confacrer leur tems s'impofent le devoir.
Tu connais, cher ami, l'ardeur qui les anime ;
Leur jeu, malgré l'envie enleva ton eftime.
Tu connais les talens de ce noble Edouard, (1)
Qui par fon air, fa voix, fon gefte, fon régard,

---

(1) Je donne ici à M. Neuville le nom du perfonnage qu'il repréfente dans Pierre le Cruel. J'ai dit ailleurs qu'il fuffirait de l'avoir vu dans cette Piece pour en concevoir la plus haute idée & juger de la fupériorité de fon talent. je ne fais comment on a pû inférer dernierement dans le Journal des Théâtres , la fatyre indécente d'un Obfervateur anonime contre ce Comédien. C'eft un ramas d'injures fans objet, de critiques fans raifon & de méchancetés fans efprit.

D'un Anglais libre & fier exprimant le courage,
De ſes ennemis même arracha le ſuffrage.
Si du fameux Bayard le Peintre vigoureux
Hélas! eut pû le voir admiré dans ces lieux,
A la France, aux vertus conſacrant ſon génie,
Il chanterait encor ſon Prince & ſa patrie ;
Et l'ennui dévorant qui conſuma ſes jours
N'aurait point de ſa gloire interrompu le cours.
Aux champs Eliſiens, ſon ombre déſolée
A la voix de Neuville, en ſerait conſolée.
Cet acteur (1) a vengé ſa mémoire & ſon nom.

---

(1) Tout le monde ſait que M. de Belloi mourut de
chagrin d'avoir vû tomber Pierre le Cruel à Paris. On
ajoute que la cabale en médita la chûte, & que le grand
Acteur que nous venons de perdre en étoit le chef. Hélas! pourquoi faut-il que les haines, les diviſions ſoient
preſque toujours inſéparables des talens ; l'Auteur du Siege
de Calais méritait un autre ſort. Reſpectable par ſon zele
patriotique autant que par ſes ouvrages ; il joignit à une
âme de feu la connaiſſance parfaite de la magie théâtrale.
Il ſerait à ſouhaiter qu'il eut ſu plier ſa langue à ſon génie.

Tu l'as vu (1) dans Alcefte, Illus, Damis, Cléon,
Toujours vrai, toujours noble, éloigné de l'enflure,
D'un Art ambitieux, enfant de l'impofture.
Il ne connut jamais la déclamation.
Elle détruit toujours la douce illufion
Qu'entretient dans les cœurs la voix de la nature.
Inftruit dans l'Art des vers, fa diction eft pure.
Avec quelle énergie & quelle vérité
D'un repentir affreux il parut agité,
Lorfqu'Illus reconnaît fa Zelmire innocente !
Organe obéiffant de fon ame éloquente,
Sa voix à l'inftant même exprima tour-à-tour
La douleur, le plaifir, le remords & l'amour.
C'eft ainfi qu'il a fu mériter nos hommages.
Puiffe-t-il quelque jour embellir tes ouvrages !
Viens le voir dans Henri (2) peindre la bonne-foi,

---

(1) Le Mifantrope, Zelmire, la Feinte par Amour,
le Méchant, &c. &c. &c. Quand on eft fupérieur dans
ces différens genres, on mérite le titre de Comédien dans
toute l'étendue du terme.

(2) Henri IV eft le rôle que M. Neuville remplit dans
Gabrielle d'Eftrée, Tragédie nouvelle, repréfentée à Ver-

La loyauté, les mœurs, les vertus de ce Roi.
Viens le voir & l'entendre aux yeux de Gabriélle ;
Des flammes de l'amour ſon regard étincelle.
Tout change. Gabrielle expire dans ſes bras :
Lui-même il eſt en proie aux horreurs du trépas.
Conſervant d'un Héros l'auguſte caractère,
Il force malgré lui ſon amour à ſe taire.
Mais on lit dans ſes traits qu'il dévore ſes pleurs

ſailles, ouvrage qui ne doit ſon ſuccès ni aux coups de théâtre à la mode, ni au décorateur, ni aux ſituations amenées contre la vraiſemblance. Le développement du cœur humain, l'affluence des ſentiment vrais, l'élégance continue, la pureté du ſtyle, voilà ce qu'on y a remarqué, ce qui lui aſſure une place parmi les ouvrages qui vivront dans la poſtérité, & ce qu'on apperçoit rarement dans les Tragédies modernes. Le ſujet de Gabrielle était d'une difficulté extraordinaire à traiter. Il a fallu beaucoup de goût, de tems & de peine, à mon avis, pour peindre avec le crayon tragique la noble franchiſe, le tendre emportement, la royale bonhommie de Henri IV, ſi- je puis m'exprimer ainſi.

Et qu'au fond de fon ame il combat fes douleurs,
A l'afpect déchirant de l'objet qui le touche,
Des fanglots étouffés s'échappent de fa bouche.
Moment fi douloureux & fi bien imité
Qu'on prend l'illufion pour la réalité.
Que d'Eftrée à nos yeux parait belle & touchante ;
Sous les traits de l'Actrice, (1) aimable, intéreffante,
Qui peint fi tendrement fa naive candeur !
Que j'aime à partager fa flamme & fon malheur !
O cœur fimple & modefte ! ô contrafte admirable ;
Avec la politique & l'orgueil déplorable,
De Sourdis (2) qui dans l'ombre enfantant fes projets,
Veut élever d'Eftrée au trône des Français,
Pour jouir de fa gloire & regner elle-même !
Avec quelle affurance & quelle ardeur extrême,

----

(1) Mademoifelle Pitrot a fait couler beaucoup de larmes par fon ingénuité touchante. Le beau rôle dont elle était chargée lui a fait un honneur infini.

(2) Mademoifelle Perai s'eft furpaffée & a charmé le public par l'intelligence & la profondeur qu'elle a mis dans le rôle difficile de Sourdis.

Le foutient de l'État, l'intrépide Sulli, (1)

Des piéges de l'amour veut dégager Henri !

Guidé par la vertu, combattant Gabrielle,

Il la rend à fes feux elle-même rebelle.

Vainement Sillery, (2) propice à cet hymen,

Se déclare en faveur de ce nouveau lien ;

De l'adroit Chancelier la chaleur énergique,

De Sourdis vainement foutient la politique.

Ces combats orageux, ces partis divifés,

Ces intérêts divers avec art oppofés,

---

(1) Sulli a été repréfenté par M. Bonafons, avec une force & une chaleur peu commune. Cet acteur a réfolu d'abandonner la déclamation, & je l'en félicite. Le grand modèle qu'il imitait ne pouvait que l'égarer. En tout genre il faut être foi pour être vrai. M. Bonafons n'a qu'à fuivre les mouvemens de fon ame pour avoir le fuccès dont il eft digne.

(2) M. Florence a repréfenté le Chancelier. Il s'eft attiré les applaudiffemens du public dans ce rôle, qui d'ailleurs n'eft pas le plus propre à faire briller l'Acteur. On ne pouvait y mettre plus d'intelligence & de vérité.

Le choc des paſſions, l'Amour & la patrie,
Sont les reſſorts heureux par qui la Tragédie
Emeut, frappe, attendrit tous les cœurs ſatisfaits,
Et qui de Gabrielle aſſurent le ſuccès.
L'Auteur des Illinois avait droit d'y prétendre.
Rien n'eſt à mes regards plus touchant & plus tendre
Que ſon nouvel ouvrage inſpiré par l'amour.
Les Acteurs applaudis par un juſte retour
Ont partagé ſa gloire & notre bienveillance.
Ils nous ont fait ſentir le charme & l'élégance
D'un ſtyle harmonieux qui dans ſa pureté
Réunit l'énergie à la ſimplicité.
Que ce triomphe, ami, préſent à ta mémoire,
Rappelle encor tes pas au ſentier de la gloire.
L'Acteur (1) intéreſſant qui te ſçut mouvoir

---

(1) Je veux parler de l'Acteur qui a repréſenté Sillery;
je ſaiſis cette occaſion pour le venger des aſſertions peu
fondées de l'injuſte obſervateur dont j'ai parlé dans une
notte de ce Diſcours. M. Florence, à ſon avis, ne fait
que ſautiller ſur la ſcène & veut envain copier M. Molé.
Je ne ſais point s'il imite cet Acteur excellent. Ce que je

Dans Séide & Némours livrés au défefpoir ;
Enchanté d'embellir l'heureux fruit de tes veilles ;
De tes vers élégans charmera nos oreilles.
Et ce Pedre (1) irrité dont la fombre fureur
Dans ton ame effrayée imprima la terreur,
Brûlant du même zèle, honorant ton génie,
Fera briller les feux de ta Mufe enhardie.
Que dis-je ?... Tu verras expofer tes écrits
Aux regards fatisfaits de la Cour de Louis.
La Souveraine, ami, que la France idolâtre
Sans quitter fon Palais vient aux jeux du théâtre.
Il fuffit. Je t'attends. Je voudrais à tes yeux
Retracer les talens des Acteurs gracieux

n'ignore pas ; c'eft qu'il a du naturel, de l'ame, de la
vivacité, & que fa maniere eft très-fouvent conforme à
celle du Comédien Français, ce qui peut très-bien fe faire
fans nulle imitation.

(1) Je nomme encore l'Acteur que je veux défigner,
du nom du perfonnage qu'il repréfente, avec l'énergie
qui lui eft propre & qui lui affure le fuffrage des Ama-
teurs. On fait que c'eft M. Berard qui eft chargé du rôle
de Pierre le Cruel.

Qui compofent la cour de l'aimable Thalie : (1)
Mais trop infortuné pour peindre la folie,
Egaré nuit & jour au milieu des tombeaux,
Dans le fang & les pleurs je trempe mes pinceaux.
Le malheur a troublé le printems de ma vie.
Par le même deftin la tienne eft pourfuivie.
Unis par les beaux Arts l'infortune & les mœurs,
La gloire & l'amitié calmeront nos douleurs.

(1) Mufe de la Comédie.

F I N.

Permis d'imprimer & débiter à la fuite de la Cour, à
 Verfailles ce 6 Mars 1778.

DAVOUST.